I0546772

# ACIS
## ET
## GALATÉE,

*PASTORALE HEROIQUE,*

REPRESENTE'E POUR LA PREMIERE FOIS
dans le Château d'ANET, devant Monseigneur
le DAUPHIN,

## PAR L'ACADÉMIE ROYALE
## DE MUSIQUE.

Remife au Théatre le Jeudy 13. Septembre 1725.

*Le prix eft de quarante fols.*

## A PARIS,

Chez la Veuve de PIERRE RIBOU, feul Libraire de
l'Académie Royale de Mufique; Quai des Auguftins,
à la defcente du Pont-Neuf, à l'Image S. Loüis.

_____

M. DCC. XXV.

*Avec Approbation & Privilege du Roy.*

# ACTEURS
## CHANTANS
## DU PROLOGUE.

| | |
|---|---|
| **D**IANE, | Mlle Ermans. |
| **D**UNE DRYADE, | Mlle Mignier. |

*Troupe de Dryades, de Faunes & d'autres Divinitez Champêtres.*

| | |
|---|---|
| L'ABONDANCE, | Mlle Souris-L. |
| UN SYLVAIN, | Mr. Dun. |
| COMUS, | Mr. Cuvilier. |

*Suite de l'Abondance & de Comus.*

| | |
|---|---|
| APOLLON, | Mr. Grenet. |

# PROLOGUE.

LE THEATRE REPRESENTE
le Château d'Anet.

DIANE, *Chœur de Dryades, de Sylvains, & d'autres*
*Divinitez Champêtres.*

### DIANE.

U'avec plaifir je reviens en ces lieux,
Que jadis mon féjour rendit fi glorieux,
Où regnoient la fplendeur & la magni-
ficence! *

Le Fils du plus puiffant, du plus jufte des Rois
Leur redonne aujourd'hui par fa feule prefence
Encore plus d'éclat qu'ils n'eurent autrefois.

### UNE DRYADE.

Depuis le jour que fur votre promeffe
Nous nous fommes flatez de le voir en ces lieux,
Les Dryades mes Sœurs, & tous ces autres Dieux,
Aprés ce doux moment ont foûpiré fans ceffe.

* Le Château
d'Anet a été
bâti pour
Diane de Poi-
tiers : On y
voit par tout
des Devifes &
des Peintures
à l'honneur de
Diane.

### UN SYLVAIN.

Nous avons préparé pour lui
Les Fêtes, les Concerts que l'allegreſſe inſpire ;
Que le ſombre chagrin , que le funeſte ennui
De cet heureux ſéjour pour jamais ſe retire !
Que les Plaiſirs en foule y viennent aujourd'hui.

### DIANE.

Suivez les mouvemens de votre ardeur fidelle ;
Commencez vos Concerts,
Que le bruit de vos chants raiſonne dans les airs !
Heureux, ſi le ſuccés répond à votre zele !

### LÉ CHOEUR.

Suivons les mouvemens de notre ardeur fidelle,
Commençons nos Concerts,
Que le bruit de nos chants raiſonne dans les airs !
Heureux, ſi le ſuccés répond à notre zele ! .

## L'ABONDANCE, COMUS,

*Suite de l'Abondance & de Comus.*

### L'ABONDANCE.

Dans les jours de réjoüiſſance
J'ai toujours le premier emploi ;
Vous feriez-vous flatez de la vaine eſperance
De pouvoir vous paſſer de moi ?
Que feriez-vous ſans l'Abondance ?

### COMUS.

A mon viſage, à ma Suite ordinaire
Reconnoiſſez Comus Dieu des Feſtins,
　　Dont la preſence à vos deſſeins
　　Eſt aujourd'hui ſi néceſſaire.

Que vous ſert d'aſſembler au gré de vos deſirs
　　Tous les Jeux & tous les Plaiſirs ?
　　Si vous n'avez ceux de la Table
　Tous les cœurs ſeront mécontens,
　　La Fête la plus agréable
　Sans moi ne peut durer long-tems.

### DIANE, L'ABONDANCE, COMUS.

Uniſſons nos efforts, & qu'une ardeur ſi belle
　　Sans ceſſe ſe renouvelle.

### LE CHOEUR.

Uniſſons nos efforts, & qu'une ardeur ſi belle
　　Sans ceſſe ſe renouvelle.

A POLLON *paroît en l'air ſur un nuage.*

### APOLLON.

Apollon en ce jour approuve votre zele
　　Pour un Prince charmant,
Et vient joindre aux plaiſirs d'une Fête ſi belle
D'un Spectacle nouveau le doux amuſement.

Au plus grand des Heros j'ai toujours foin de plaire :
    Eh ! que puis-je mieux faire
Que de vous feconder par des chants deftinez
    A divertir un Fils qu'il aime ?
Puiffent ces mêmes chants un jour plus fortunez
    Le divertir encor lui-même !

    Digne Fils de ce Conquerant,
Que ne quittent jamais Minerve & la Victoire,
Tu vois par les refpects que l'Univers lui rend
Le prix de fes travaux, & l'éclat de fa gloire;
Tu vois fes Ennemis à fes pieds abattus,
Tu joüis des Exploits de fa main triomphante,
Tâche de l'imiter ; Sans ceffe il te prefente
Un exemple parfait de toutes les Vertus.

    Vous, Habitans de ce féjour aimable,
    Redoublez votre empreffement,
    Gardez-vous de perdre un moment
    D'un tems fi favorable.
    C O M U S.
Apollon flate nos vœux,
    D'un fuccés heureux,
Nous connoiffons fa puiffance,
Il remplira notre efperance.
    LE CHOEUR.
Apollon flate nos vœux
    D'un fuccés heureux,

Nous connoissons sa puissance,
Il remplira notre esperance.

## *Fin du Prologue.*

---

*Acteurs & Actrices chantans dans tous les Chœurs*
*du Prologue & de la Pastorale.*

| CÔTÉ DU ROY. | CÔTÉ DE LA REINE. |
|---|---|
| Mesdemoiselles | Mesdemoiselles |
| Constance. | Milon. |
| Souris L. | La Roche. |
| Dun. | Tettelette. |
| Antier-C. | Charlard. |
| Souris-C. | Perignon. |
| Monteau. | Ducoudray. |
| Dutilliée. | Gentilhomme. |

| Messieurs | Messieurs |
|---|---|
| Flamand. | Corbie. |
| Bremond. | Le Myre-L. |
| Saint Martin. | Morand. |
| Loüette. | Bertin. |
| Deshayes. | Dautrep. |
| Buzeau. | Corail. |
| Duplessis. | Houbeau. |
| Naudé. | Duchêne. |

# ACTEURS CHANTANS
## DE LA PASTORALE.

ACIS, *Berger, Amant de Galatée,*     Mr. Tribou.

GALATE'E, *Nymphe de la Mer, fille de Nerée & de Doris.*     Mlle Lagarde.

POLIPHEME, *Geant fils de Neptune, & Amant de Galatée.*     Mr. Dubourg.

*Suite de Poliphême.*

TELEME, *Berger, Amant de Scylla,*     Mr. Grenet.

SCYLLA, *Bergere, amie de Galatée,*     Mlle Ermans

TIRCIS, *Berger, Amant d'Aminte,*     Mr. Dautrep.

AMINTE, *Bergere,*     Mlle Souris-L.

*Chœur de Bergers & de Bergeres.*

*Un Prêtre de Junon,*     Mr. Grenet

*Suite du Prêtre de Junon.*

NEPTUNE,     Mr. le Mire.

*Suite de Neptune.*

*Deux Nayades,*     Mlle Mignier & Mlle Tettelette.

*Chœur de Dieux Marins, de Fleuves & de Nayades.*

ACIS

# ACIS
## ET
# GALATÉE,
## *PASTORALE*
### *Héroïque.*

# ACTE PREMIER.

*Le Théatre represente le Rivage de la Mer de Sicile, dans l'endroit le plus agréable de l'Isle. La Terre y paroît ornée de toutes sortes de fleurs: On y voit aussi quelques Bois d'une verdure charmante.*

## SCENE PREMIERE.

### A C I S *seul.*

C'EST est vain qu'en ces lieux j'ai devancé l'Aurore,
Helas ! je n'y vois point la beauté que j'adore;

La Mer qui la cache à mes yeux,
Se plaît à renfermer ce trefor precieux.
Je fais par tout voler le nom de Galatée,
Je le repete mille fois,
Je l'apprens aux Echos, aux Oyſeaux de ces Bois,
Loin de moi cependant trop long-tems arrêtée
Seule elle ſemble ici méconnoître ma voix.

## SCENE II.

### ACIS, TELEME.

#### TELEME.

VOus n'êtes pas le ſeul de qui la voix plaintive
Se fait entendre en ces lieux chaque jour,
Une Beauté cruelle, un malheureux amour,
M'ameine auſſi ſur cette Rive.

#### ACIS.

Pouvez-vous comparer vos maux à mes malheurs ?
Je ſuis mortel : J'adore une Déeſſe,
Quelle ſource pour moi d'éternelles douleurs !
Je n'oſe qu'en tremblant exprimer ma tendreſſe,
Et ſouvent en ſecret je devore mes pleurs.

#### TELEME.

Acis détrompez-vous,

Efperez un deftin plus doux,
Vous ne poufferez point de foupirs inutiles,
Aprés vos longs chagrins, la joye aura fon tour,
Les Déeffes en amour
Ne font pas les plus difficiles.

Helas ! que n'en eft-il de même
Du malheureux Teleme ?

La charmante Scylla, l'honneur de nos Hameaux,
Me fait gémir fous le poids de fa chaîne,
Et la rigueur de l'inhumaine
Change en hyvers tous mes jours les plus beaux...

### A C I S.
Que d'un cœur méprifé l'état eft déplorable !

### T E L E M E.
Qu'une ingrate Beauté fait fouffrir fous fa loi !

### A C I S, T E L E M E.
Ah ! je fuccombe au tourment qui m'accable,
Peut-on fans efperance aimer autant que moi ?

### T E L E M E.
Vous attendez ici l'Objet qui vous engage,
Vous le verrez bien-tôt paroître fur ces bords,
Jevais chercher Scylla dans le prochain boccage,
J'ai déja trop contraint ma flâme & mes tranfports.

## SCENE III.

### ACIS *seul.*

FAudra-t'il encore vous attendre
Fiere Beauté qui regnez dans mon cœur ?
Venez par un regard soulager ma langueur,
Songez que d'un moment mes jours peuvent dé-
pendre.

Mes cris ne sçauroient vous toucher !
Si le récit de ma peine,
Si ma mort presque certaine
Du fond des flots ne peut vous arracher,
Venez joüir du moins sur ce rivage
De tout ce que la Terre a de charmans appas.
Les fleurs y naîtront sous vos pas,
Jamais leur riche émail n'éclata davantage.
Vous ne paroissez point ! qui peut vous retenir ?
Peut-être quelque Dieu de la Cour de Neptune
Cause-t'il seul mon infortune ?
Ah ! ce seroit trop me punir :
Dieux ! mais mon trouble cesse, & je la voi venir.

*Galatée sort de la Mer.*

# SCENE IV.

## ACIS, GALATE'E.

### GALATE'E.

J'Ai crû trouver ici la Nymphe qui m'est chere,
Je vais lui reprocher son peu d'empressement.

### ACIS.

Sans cette Nymphe helas! ce rivage charmant
   N'a-t'il rien qui puisse vous plaire ?

### GALATE'E.

Je suis sensible aux charmes de ces lieux,
   Mais ma joye eût été plus grande,
Si ce rivage eût offert à mes yeux
   La Nymphe que je demande.

### ACIS.

Ah ! si vous connoissez par la seule amitié
   Les ennuis que l'absence cause,
   N'aurez-vous point quelque pitié
Des tourmens où l'Amour m'expose !

### GALATE'E.

Finissez ce discours: Ne pouvez-vous parler
   Que de votre tendresse?

A iij

### A C I S.

Helas ! un feul moment peut-on diffimuler
  Des peines qu'on fouffre fans ceffe ?
Pourquoi me voulez-vous forcer à vous celer
  La douleur qui me preffe ?
  Cherchez-vous à la redoubler ?

### G A L A T E' E.

A regret je vous entends plaindre
D'un mal que je ne puis guerir,
Etouffez un amour qui vous fait trop fouffrir,
Vous n'aurez plus à vous contraindre.

### A C I S.

Ah ! vous me haïffez, je n'en fçaurois douter,
Par cet ordre crüel votre haine s'explique.

### G A L A T E' E.

Sufpendez vos regrets pour me laiffer goûter
  L'heureufe paix de ce féjour ruftique ;
J'y viens avec plaifir, tout y charme mes yeux,
J'y vois les champs parez de mille fleurs que j'aime,
Enfin le doux penchant qui m'attire en ces lieux
  L'emporte fur l'horreur extrême
  D'y rencontrer un Geant odieux.

## SCENE V.

ACIS, GALATE'E, SCYLLA, TELEME.

### SCYLLA

QUoi ! m'arrêterez-vous en dépit de moi-même ?

### TELEME

Que me servent les soins que mon cœur prend pour
    vous ?
  Mon sort en est-il plus doux ?
  Helas ! plus je vous aime.
Plus mon amour aigrit votre courroux.

### ACIS

O Ciel ! quel destin est le nôtre ?

### TELEME

Quel succés de nos vœux ?

### ACIS, TELEME

Serons-nous toujours l'un & l'autre
Les plus tendres Amants & les plus malheureux ?

### GALATE'E

Ah ! qu'un Amant dont la plainte.

Nous cauſe trop de contrainte
Sçait peu l'art de nous charmer!
Loin de plaire, il embarraſſe,
Et ne ſçauroit quoi qu'il faſſe,
Nous engager à l'aimer.

### SCYLLA.

Un Amant que l'on dédaigne,
Doit cauſer peu d'embarras,
Et qu'importe qu'il ſe plaigne,
Si l'on ne l'écoute pas?

*L'on entend un Concert de Flûtes.*

### SCYLLA.

Mais quels concerts ſe font entendre?

### GALATE'E.

Qu'elle troupe paroît, & s'approche de nous?

### ACIS.

Ce font des Cœurs unis par l'amour le plus tendre,
Des cœurs libres de ſoins & de ſoupçons jaloux;
Tous leurs jours font charmants, tous leurs momens
    font doux,
Ecoutez leurs chanſons, & vous pourrez apprendre
Si leurs plaiſirs n'ont rien d'agréable pour vous.

SCENE VI.

# SCENE VI.

ACIS, GALATE'E, TELEME, SCYLLA, AMINTE, TIRCIS, Troupe de Bergers & de Bergeres.

### TIRCIS, AMINTE.

Que l'Amour qui nous enchaîne
Flate nos tendres defirs !

### CHOEUR.

Goûtons les plus doux plaifirs,
Ils viennent s'offrir fans peine,
Et pour payer nos foûpirs
Chaque jour nous les ramene.

### TIRCIS, AMINTE.

Que l'Amour qui nous enchaîne
Flate nos tendres defirs !

### TIRCIS.

Que mon cœur eft charmé !

### AMINTE.

Que mon ame eft contente !

### TIRCIS.

Je ne puis exprimer la douceur qui m'enchante.

B

### AMINTE.

Sans l'amour de nos feux
Serions-nous heureux ?

### TIRCIS, AMINTE.

Redoublons fans cefle
Notre tendrefle.

### CHOEUR.

Redoublons fans cefle
Notre tendrefle.

### AMINTE.

Former les mêmes defirs,
Vivre l'un pour l'autre,
Sentir de nouveaux plaifirs,
Voilà quel fort eft le nôtre.

### TIRCIS.

L'Amour dans ces beaux lieux nous a tous raffemblez,
Celebrons les faveurs dont il nous a comblez.

### CHOEUR.

L'Amour dans ces beaux lieux nous a tous raffemblez,
Celebrons les faveurs dont il nous a comblez.

### AMINTE.

Que les plus galantes Fêtes
Parmi nous foient toujours prêtes !

Qu'au bruit de nos chanſons la plus fiere beauté
Ne puiſſe un ſeul moment garder ſa liberté.

## CHOEUR.

Que les plus galantes Fêtes
Parmi nous ſoient toujours prêtes !
Qu'au bruit de nos chanſons la plus fiere beauté
Ne puiſſe un ſeul moment garder ſa liberté.

*Les Concerts des Bergers ſont interrompus par un bruit barbare.*

## SCYLLA.

Le fiere Poliphéme s'avance,
Bergers, éloignez-vous,
C'eſt aſſez de ſa preſence
Pour changer en chagrins vos plaiſirs les plus doux.

# SCENE VII.

## POLIPHE'ME ſeul.

JE regarde par tout, & ma recherche eſt vaine,
Ces Nymphes, ces Bergers que ſont-ils devenus ?
Se peut-il qu'en ces lieux je ne les trouve plus ?
Le ſoin de m'éviter dans ces bois les entraîne ?

Où prétendent-ils fe cacher ?
Connoiffent-ils bien Poliphéme ?
Eft-il quelque antre affreux où ma fureur extrême,
Ne les aille chercher ?
Allons, courons punir leur fuite.
Mais je vois Galatée, & mon ame interdite,
Perd toute fa fureur :
Je me fens agité de trouble & de terreur.

## SCENE VIII.

### POLIPHE'ME, GALATE'E.

#### POLIPHE'ME.

QUe tardons-nous ? parlons de l'ardeur qui m'a-
nime,
Eft-ce à moi de trembler ?
Si d'un cruel amour je deviens la victime,
Qui pourroit me contraindre à le diffimuler ?

Vous voyez charmante Déeffe,
Un Amant que vos yeux ont foumis à vos loix,
J'ignorois le pouvoir de ce Dieu qui me bleffe,
Je l'éprouve aujourd'hui pour la premiere fois.

### GALATE'E.

Que dites-vous ? puis-je vous croire?
Je vous fais connoître l'Amour ?

### POLIPHE'ME,

Peut-être avant la fin du jour,
Vous applaudirez-vous d'une telle victoire ?

Tout ce que vous voyez reconnoît mon pouvoir,
    Le Dieu des Eaux m'a donné la naiſſance,
Si vous y conſentez je puis vous faire voir
    Mes richeſſes & ma puiſſance :
Je veux que tous les cœurs qui vivent ſous ma loi
    Viennent vous rendre hommage,
    Leur zele parlera pour moi.

Approuvez-vous ces ſoins où mon amour m'en-
    gage ?

### GALATE'E

Je ne condamne point ce deſſein genereux.

### POLIPHE'ME.

Je ſuis au comble de mes vœux,
Je vais tout préparer pour cette grande Fête.
Vous connoîtrez bien-tôt qu'elle eſt votre con-
    quête.

GALATE'E *seule.*

Enfin j'ai calmé fa fureur,
Des cœurs qu'il a troublez diffipons la terreur.

*Fin du premier Acte.*

# ACTE SECOND.

*Le Theatre change, & represente une Campagne moins
ornée que la premiere, les Bois qu'on y voit sont rem-
plis des Troupeaux des Bergers de l'Isle, & de ceux de
Poliphéme.*

## SCENE PREMIERE.

### ACIS, GALATE'E.

#### ACIS.

Quoi ? vous avez promis d'assister à la fête
Que Poliphéme vous apprête?
Les soins de ce Barbare ont pû vous atten-
drir?
Dans ses projets votre bonté le flate?

C'en eft donc fait, ingrate,
Vous me condamnez à mourir.

### GALATE'E.

Quel reproche ofez-vous me faire?

### ACIS.

Non, non, je ne puis plus me taire;
Attendez-vous de voir
Les plus fanglants effets d'un mortel defefpoir.

### GALATEE.

Quoi? que voulez-vous entreprendre?

### ACIS.

Pourquoi cherchez-vous à l'apprendre?
Si vous ne m'aimez pas,
Que vous peut importer ma vie ou mon trépas?

### GALATE'E.

Sans que pour vous l'Amour me follicite,
Je puis fouhaiter d'être inftruite
De vos deffeins fecrets.

### ACIS.

Eh bien! apprenez donc que ma mort eft certaine:
Vous ne joüirez plus de mes tendres regrets,
En terminant mes jours, je finirai ma peine.

Je braverai le Geant furieux
Qui me ravit tout ce que j'aime,
J'irai troubler ses Jeux, & l'attaquer lui-même,
Content de succomber sous sa fureur extrême,
Et de verser tout mon sang à vos yeux.

Ecoutez mes tristes adieux;
Je vous laisse, je pars, je cours à mon supplice,
Ce n'est que pour la mort que je forme des vœux,
Agréez seulement ce dernier sacrifice
D'un cœur toujours fidele, & toujours malheureux.

## GALATE'E.

Il me quitte, arrêtez, Acis, je vous l'ordonne,
Je ne puis soutenir le trouble où je vous voi,
Contre un si tendre amour ma fierté m'abandonne,
Et ma foible raison ne répond plus de moi.

## ACIS.

Qu'entens-je ? votre cœur dans mon sort s'interesse ?

## GALATE'E.

Vous n'avez point perdu vos soins,
Je vous ai fait voir ma foiblesse,
Vos yeux en ont été de fidelles témoins.

Joüissez de mon trouble & de votre victoire,
Il ne veux point vous en ravir la gloire,

C

Connoiſſez le bonheur qui vous eſt préparé,
Je l'ai rendu plus doux quand je l'ai differé.

### A C I S.

Mais puiſque vous vouliez couronner ma tendreſſe,
Falloit-il du Cyclope approuver les deſirs?

### G A L A T E' E.

Je craignois pour vos jours ſa fureur vangereſſe,
Je voulois à ſes yeux dérober nos ſoupirs
Par une agréable promeſſe.

### A C I S.

Immortels habitans des Cieux!
Dans les tranſports de mon ame ravie
Je puis regarder ſans envie
Votre ſort glorieux.

Aimer, d'un doux ſuccés voir ſa flâme ſuivie,
N'eſt-ce pas un plaiſir reſervé pour les Dieux?

# SCENE II.

### ACIS, GALATE'E, TELEME, SCYLLA.

### GALATE'E

DE mon fidele Amant j'ai rempli l'efperance,
Mon cœur répond à fes defirs;
De ce tendre Berger couronnez la conftance,
Ne lui refufez plus le prix de fes foupirs.

### ACIS.

Suivez l'exemple qu'on vous donne,
Une Déeffe à l'amour s'abandonne,
Son cœur ne peut plus refifter;
Que peut mieux faire
Une Bergere
Que de l'imiter?

### TELEME.

Vous deffendrez-vous encore
Contre un Amant qui vous adore?
Et dans un jour au bonheur deftiné
Serai-je feul infortuné?

C ij

## SCYLLA.

En vain vous prétendez infpirer à mon ame
　　　Le defir de s'enflâmer,
L'exemple & les confeils nous forcent-ils d'aimer ?
Par fon propre penchant il faut qu'un cœur s'enflâme,
　　　Vous l'avez entendu cent fois,
　　　Je fuis l'Amour, je méprife fes Loix,
　　　Quittez une entreprife vaine ;
Vos foupirs importuns me pourroient engager
　　　A redoubler votre peine
　　　Plûtôt qu'à la foulager.

## TELEME.

C'en eft trop ! vos mépris étouffent ma tendreffe,
Je fens le calme heureux de ma premiere paix,
　　　Et je dois rougir déformais
　　　D'avoir montré tant de foibleffe.


Cependant redoutez la vangeance des Dieux,
Ils me font preffentir le fort qui vous menace,
Ils éteindront ce feu qui brille dans vos yeux,
Ils rendront vos attraits fans douceur & fans grace ;


Que dis-je ? ils changeront ces riches dons des Cieux
　　　En des marques de leur colere,
Et vous ferez un jour par ce retour fevere
L'objet le plus funefte & le plus odieux.

## SCENE III.

### ACIS, GALATE'E, SCYLLA.

#### SCYLLA.

Quelque fureur qui l'infpire
Il ne fçauroit m'allarmer,
Je crains moins les malheurs qu'il vient de me predire,
Que le peril d'aimer.

#### GALATE'E.

Je ne puis approuver cette fierté rebelle
Qui flate votre vanité ;
Une extrême crüauté
Pour un Amant fidelle
Eft toujours criminelle.

#### SCYLLA.

Vous aimez tendrement ; je detefte l'Amour,
Et déja ma fierté commence à vous déplaire ;
Je me bannis de votre Cour,
Pour éviter votre colere.

## SCENE IV.

### ACIS, GALATE'E.

QUelle erreur loin de nous précipite ses pas!
Dieux! qu'un vain orgueïl l'abuse!
L'insensible ne connoît pas
Les plaisirs qu'elle refuse.

### ACIS.

N'assurerez-vous point ma gloire & mon bonheur?
Aprés le Don de votre cœur
Aurai-je encor des vœux à faire?

### GALATE'E.

Je puis donner ma foi par l'aveu de mon pere,
Je l'ai sur votre amour dés long-tems pressenti.
A vos desirs Nerée a consenti.

Le Temple de Junon nous offre un seur azile,
Nous y serons en liberté,
Il est bâti dans l'endroit de cet Isle
Le plus inaccessible & le moins frequenté;
Allez y preparer l'encens & les victimes
Dignes de consacrer nos ardeurs legitimes,
J'aurai soin de m'y rendre avant la fin du jour,
J'y conduirai l'Hymenée & l'Amour.

# SCENE V.

### GALATE'É *feule.*

QU'une injuſte fierté nous cauſe de contrainte,
        Et tyranniſe nos deſirs !
Tandis qu'à mon Amant j'ai caché mes ſoupirs !
J'ai ſouffert mille maux dans cette longue feinte,
A peine mon amour s'eſt expliqué ſans crainte,
        Que j'ai ſenti mille plaiſirs ;
Qu'une injuſte fierté nous cauſe de contrainte,
        Et tyranniſe nos deſirs :

        Doux tranſports d'une ame contente
        Que vous êtes charmans !
Mais je voi le Cyclope, il prévient mon attente,
Contraignons-nous quelques momens.

## SCENE VI.

GALATE'E, POLIPHE'ME,
*Suite de Poliphéme.*

### POLIPHE'ME.

Qu'à l'envi chacun se presse
De me suivre dans ces lieux !
Pour un cœur que l'Amour blesse,
Les momens sont précieux ;
Préparez à ma Déesse
Un triomphe glorieux ;
Hâtez-vous, il faut sans cesse
Rendre hommage à ses beaux yeux.
Qu'à l'envi chacun se presse
De me suivre dans ces lieux !

### CHOEUR.

Qu'à l'envi chacun se presse
De vous suivre dans ces lieux !
Pour un cœur que l'Amour blesse
Les momens sont précieux,
Preparons à la Déesse
Un triomphe glorieux ;
Hâtons-nous, il faut sans cesse

Rendre

Rendre hommage à ses beaux yeux.
Qu'à l'envi chacun se presse
De vous suivre dans ces lieux !

### POLIPHE'ME.

Connoi, puissant Amour, ta derniere victoire,
Ce triomphe suffit pour te combler de gloire,
Tu ranges sous tes loix un cœur audacieux,
Qui méprise la foudre & brave tous les Dieux.

### CHOEUR.

O vous ! adorable Immortellle
Ecoutez favorablement
Les vœux de votre Amant,
Vous ne ferez jamais de conquête si belle ;
Plus un cœur est loin d'aimer,
Plus il est beau de l'enflâmer.

### POLIPHE'ME.

Je suis content de votre zele,
A mes yeux vos transports ont assez éclaté?
Voyons s'ils ont sçu plaire à ma divinité,
Qu'on me laisse seul avec elle.

## SCENE VII.

### POLIPHE'ME, GALATE'E.

#### POLIPHE'ME.

CHaque moment me tuë, & redouble mes feux,
Je ne püis plus fouffrir l'ardeur qui me devore,
Hâtez-vous de me rendre heureux ,
Voulez-vous accabler un cœur qui vous adore ?

#### GALATE'E.

Le feul Nerée a droit de difpofer de moi,
Jamais à fes defirs mon cœur ne fut contraire,
Peut-on fans fon aveu me demander ma foi ?
Allez : Et pour l'hymen que votre amour efpere,
Meritez le choix de mon pere.

#### POLIPHE'ME.

Oüi j'obtiendrai l'aveu charmant
Qui feul peut affurer le repos de ma vie ;
Ma demande fera fuivie
D'un prompt confentement.

Pour hâter mon bonheur je vais tout entreprendre,
Votre Pere connoît ma force & mon pouvoir,
Et fçait trop ce qu'on doit attendre
D'un Amant tel que moi réduit au defefpoir.

*Fin du fecond Acte.*

# ACTE TROISIÉME.

*Le Théatre change & represente un petit espace de terre aride & deserte ; cet espace est bordé par des Montagnes d'une hauteur prodigieuse, dont la principale est le Mont Æthna ; on voit à côté un petit Temple consacré à Junon : La Mer paroît dans l'éloignement.*

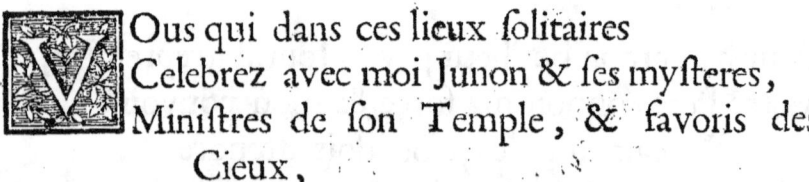

## SCENE PREMIERE.

### LE PRESTRE de Junon, & sa Suite.

#### LE PRESTRE de Junon.

VOus qui dans ces lieux solitaires
Celebrez avec moi Junon & ses mysteres,
Ministres de son Temple, & favoris des
    Cieux,
Qui faites vos plaisirs du service des Dieux

Preparez les fleurs les plus belles,
Et l'encens le plus précieux,
Vous verrez bien-tôt en ces lieux
Arriver deux Amans fideles,
Ils font dignes des foins que vous prendrez pour eux,
L'Hymenée & l'Amour veulent qu'ils foient heureux.

### C H OE. U R·

Puiffent-ils prés de nous trouver un fûr azile!
Daigne le jufte Ciel favorifer leurs vœux!
Puiffent-ils voir croître leurs feux
Dans un Hymen. doux & tranquile!

### L E P R E S T R E.

Qu'ils forment chaque jour mille nouveaux defirs!
Que l'Amour feul ait foin de regler leurs plaifirs!

### C H OE U R·

Puiffent-ils prés de nous trouver un fûr azile!
Daigne le jufte Ciel favorifer leurs vœux!
Puiffent-ils voir croître leurs feux
Dans un Hymen doux & tranquile!

# SCENE II.

ACIS, GALATE'E, LE PRESTRE,
& sa Suite.

## LE PRESTRE.

LEs voici ces tendres Amans,
Dans leur impatience ils comptent les momens,
Avançons vers le Temple, & par un sacrifice
Interessons Junon à leur être propice.

# SCENE III.

ACIS, GALATE'E, LE PRESTRE,
& sa Suite, POLIPHEME, sur le haut
d'un Rocher.

## POLIPHE'ME.

QUe voi-je ? quel objet pour un Amant jaloux ?
L'Ingrate Galatée, & le Berger qu'elle aime ?
Tu mourras témeraire, & Jupiter lui-même.
Ne sçauroit dérober ta tête à mon courroux.

### CHOEUR.

Le Cyclope menace ! O Ciel protege-nous !
Sers-toi pour nous fauver de ton pouvoir fuprême.

# SCENE IV.

## ACIS, GALATE'E.

### GALATE'E.

Fuyons fa violence extrême
Heureux de pouvoir l'éviter.

### ACIS.

Vous me quittez ? helas ! n'ofez-vous arrêter ?

### GALATE'E.

Fuyez Acis, s'il eft poffible ,
Où votre perte eft infaillible.

### ACIS.

Mourant pour vos beaux yeux, je ne crains point la
mort.
Où puis-je la trouver plus belle ?
Dois-je enfin me plaindre du fort
Si je meurs heureux & fidelle ?

# SCENE V.

### POLIPHEME *seul.*

QUel chemin ont-ils pris ces Amans trop heu-
reux
Sans doute Jupiter s'intereſſe pour eux.
Qu'il ſe montre, ce Dieu que l'Univers revere,
C'eſt un objet digne de ma colere.
Je l'attens : Mais il craint de paroître à mes yeux,
Et croit braver ma rage enfermé dans les Cieux ;
J'y monterai malgré l'effort de ſon tonnerre,
J'entaſſerai ces monts pour aller juſqu'à lui,
Et ferai plus trembler tout l'Olympe aujourd'hui
Que ne firent jadis les enfans de la terre.

Mais commençons d'exercer mon couroux
Sur un rival que je deteſte,
Qu'il ſoit aneanti par un ſeul de mes coups,
Que ſa mort ſoit enfin ſi triſte & ſi funeſte,
Que de tout ſon bonheur je ne ſois plus jaloux !

# SCENE VI.

### ACIS, GALATE'E, POLIPHE'ME.

### GALATE'E.

ALlez ; éloignez-vous , faut-il vous le redire?

*Galatée se plonge dans la Mer.*

### ACIS.

Vous me fuyez ? par où l'ai-je donc merité ?

### POLIPHE'ME.

Traître reçoi le prix de ta temerité.

*Poliphéme écrase Acis avec un rocher.*

### ACIS.

Déesse ç'en est fait, je vous perds, & j'expire.

# SCENE VII.

### POLIPHE'ME *seul.*

IL est mort l'insolent! j'ai trompé son attente,
Je suis content puisque je suis vangé,

Hh

Ah! quel plaisir pour un cœur outragé
Qu'une vangeance sanglante!

Et toi Déesse perfide,
Pleure l'indigne Amant que tu m'as préferé;
Ma tendresse a fait place au transport qui me guide,
J'ai répoussé les traits dont j'étois pénetré.

Poublions par tout ma victoire,
Elle assûre à la fois mon repos & ma gloire,
J'immole dans le même jour
Mon Rival & mon amour.

## SCENE VIII.

### GALATE'E *seule.*

*Galatée sort de la Mer.*

ENfin j'ai discipé la crainte
Qui m'arrêtoit au fond des flots,
Je vois regner ici le calme & le repos,
Ma flâme deformais ne sera plus contrainte.
Cherchons seulement
Le Berger charmant

E

Que mon cœur adore,
Hélas! il ne vient point encore.

Acis, mon cher Acis en quels lieux êtes-vous?
Revenez près de moi, tout eſt ici tranquille;
Vous n'avez plus beſoin d'azile
Contre un injuſte couroux.

Quoi, tu ne répons point à ma voix qui t'appelle?
Je commence à ſentir une peine mortelle
De ton éloignement;
Reviens, mon cher Acis, dois-tu perdre un moment!

Mais quelle terreur ſecrete
M'allarme & m'inquiete?
Quelle image, grands Dieux! vient frapper mon
eſprit;
Je tremble, quel objet à mes yeux ſe preſente;
Les Rochers renverſez, & la Terre ſanglante
M'aſſûrent le malheur que mon cœur m'a prédit.

Que ne puis-je expirer aprés ce coup funeſte?
Mon amour à jamais fera couler mes pleurs,
Heureux mortels! dans de pareils malheurs
L'eſpoir de la mort vous reſte.

Fut-il jamais un deſtin plus affreux?

Quel cœur a reſſenti la douleur qui me preſſe ?
Je perds l'objet de ma tendreſſe
Quand nous ſommes prêts d'être heureux.

Faut-il encor pour croître mon ſupplice
Que de ſa mort je ſois complice ?
J'ai pû l'abandonner dans ce preſſant danger ?
Quand ſon amour faiſoit éclater ſon courage,
Ah ! je ne puis y ſonger,
Sans frémir de honte & de rage,
Songeons du moins à le vanger.

Pourſuivons le Geant, invoquons les Furies,
Qu'il ne puiſſe trouver d'azile ni d'appui !
Qu'elles exercent ſur lui
Toutes leurs barbaries :
Mais ce cruel châtiment
Me rendra-t'il mon Amant;
Pour ſoulager ma peine extrême
Il faut me rendre ce que j'aime.

Puiſſantes Divinitez,
Genereuſe Thetis, favorable Neptune !
Si juſqu'à vous mes ſoupirs ſont portez
Faites ceſſer mon infortune,
Ranimez mon Amant, redonnez-lui le jour,
Et s'il ſe peut encor augmentez ſon amour.

## SCENE IX.

NEPTUNE *sortant de la Mer*, GALATE'E.

### NEPTUNE.

JE sors de mes Grotes profondes,
Tes cris ont pénetré jusques au fond des Ondes,
Tes maux par mon secours seront bien-tôt finis,
Je viens pour reparer le crime de mon Fils.

Vous que la Loi du sort soumet à ma puissance,
Dieux! qui suivez ma Cour,
Paroissez sur les Eaux, honorez ce grand jour
De votre auguste presence.

## SCENE X.

### NEPTUNE, GALATE'E.

*Toutes les Divinitez de la Mer, Troupe de Fleuves*
*& de Nayades.*

### Chœur de DIVINITEZ.

NOus accourons au seul bruit de ta voix,
Notre plus doux plaisir est de suivre tes Loix,

### NEPTUNE.

Ma Fille, le Destin répond à ta priere.
Vivez, Acis, vivez, revoyez la lumiere ;
Mais, vivez desormais
Pour ne mourir jamais.

### CHOEUR.

Acis, vivez desormais
Pour ne mourir jamais.

### NEPTUNE.

Que votre sang se change & devienne une eau pure,
Dont l'agréable murmure
Fasse naître dans tous les cœurs
D'innocentes ardeurs !

E iij

# S C E N E　XI.

NEPTUNE, A C I S *changé en Fleuve*, GALATE'E,
*les Divinitez de la Mer, Fleuves, Nayades.*

### GALATE'E.

CHer Acis !

### A C I S.

Galatée ?

### A C I S, G A L A T E' E.
Il m'eſt permis encore
De revoir ce que j'adore.

### N E P T U N E.
Joüiſſez des biens éternels
Qui ſont faits pour les immortels.

Vous Fleuves amoureux, vous Nayades charmantes,
Venez de ces Amans redoubler les plaiſirs,
Venez, animez leurs deſirs
Par les Chanſons les plus touchantes.

### U N E　N A Y A D E.
Sous ſes Loix l'Amour veut qu'on joüiſſe
D'un bonheur qui jamais ne finiſſe.

Tendres cœurs venez tous
En joüir avec nous.

## C H OE U R.

Sous ses Loix l'Amour veut qu'on joüisse
D'un bonheur qui jamais ne finisse,
Tendres cœurs venez tous
En joüir avec nous.

## DEUX NAYADES.

Vous qui croyez l'amour une foiblesse,
Ne venez point troubler notre innocente paix.
Ce n'est point pour des cœurs sans tendresse
Que nos chants amoureux & nos plaisirs sont faits.

## UNE NAYADE.

Tendres cœurs conservez l'esperance,
C'est en vain qu'on vous fait resistance,
Qu'on s'arme de rigueur, de haine & de couroux ;
Que ne vaincrez-vous point si l'Amour est pour vous.

## LE CHOEUR.

Tendres cœurs conservez l'esperance,
C'est en vain qu'on vous fait resistance,
Qu'on s'arme de rigueur, de haine & de couroux ;
Que ne vaincrez-vous point si l'Amour est pour vous.

## UNE NAYADE.

Deformais on doit aimer fans crainte,
De quoi fert une injufte contrainte,
Beautez à qui le Ciel a donné mille appas
L'Amour vous punira de n'en profiter pas.

*Le Chœur repete ces deux derniers Vers.*

## LE CHOEUR.

Sous fes Loix l'Amour veut qu'on joüiffe
D'un bonheur qui jamais ne finiffe.
          Tendres cœurs venez tous
          En joüir avec nous.

*Fin du troifiéme & dernier Acte.*

www.ingramcontent.com/pod-product-compliance
Lightning Source LLC
Chambersburg PA
CBHW061709180626
46818CB00003B/1324